KB240016

삶 가득
그리움 가득

모아드림 기획시선 132

삶 가득
그리움 가득

황경태 시집

모아드림

적지 않은 부끄러움을 안고 두 번째 시집 『삶 가득 그리움 가득』을 세상에 내놓게 되었습니다.

만나는 모든 분에게 이 시집 한 권을 건네 드리고 싶습니다. 글이 곧 그 사람이듯이, 이 시집이 제가 걸어온 삶의 명함이기 때문입니다. 수록된 시 가운데는 첫 번째 시집 『홍시 하나』에 게재되었던 것을 다시 손질한 것도 여러 편 있습니다.

시는 한 편이 남고 그 한 편의 시는 결국 한 줄의 문장으로 남는다는 말처럼, 긴 울림을 주는 시구詩句 하나를 남기고 싶어 생각을 구겨버려야 하는 아픔을 수없이 감내하여야 했습니다.

하지만 품격과 율격을 그 무엇보다 소중히 여기는 시조시의 특성으로 말미암아 못 다한 목소리들이 남아있기에, 별지別紙에 시의 배경에 아우르는 설명을 추가하여 상상의 깊이를 더할 수 있도록 꾸며보았습니다.

더불어 시의 행行과 행 사이에 간격을 두어 적절히 배치함으로써 여백에 숨어있는 서정적 미감美感도 꾀하였습니다.

비록 유려한 문장은 아니더라도, 세상과 사물을 바라보는 하나하나의 시선에 잠시만이라도 시간을 허許하신다면 그처럼 큰 보람도 아마 제게 없을 것입니다.

2011년 신묘 초가을에
황경태

차 례

서언序言

삶 가득
그리움 가득

까치

전기 줄 오선지에 앉아
고운 목청 풀어내는

8분 음표, 16분 음표
두눈박이 도돌이표

모두가
한마음이다

화음 같은
삶이다

까치들이 전기 줄에 나란히 모여 앉아 정겹게 노래하는 모습을 보면서 가족을 떠올린다. 마치 오선지五線紙에 각각의 음을 표시한 꼬리 달린 음표音標를 보는 듯하다. 새소리들의 화음和音이 깊은 산속의 옹달샘 물소리처럼 투명한 울림으로 다가온다. 메마른 감정에 삶의 윤기를 더해주는 이른 아침이다.

예방접종하던 날

첫 접종 그 순간에

고요 찌르는 소리, 어미가슴 저미는데

아기는 알고 있을까

험난한
미지未知의 세상

아픔의
시작인 줄

어떤 이는 무심코 추녀 끝에서 낙숫물이 떨어지자 섬 돌 앞의 땅이 젖는 것을 보고 깨달음을 얻었다는데, '마치 국자가 국 맛을 모르듯이' 평생 환자와 함께 살아오 면서도 마음이 세월에 그을렸음인지, 관행慣行의 덫에 걸렸음인지 희뿌연 안개가 눈앞을 가리어 세상이 잘 보이지 않는다.

젖니

연초록 새싹처럼 뾰족뾰족 일어선다

새하얀 보석들이 눈웃음치며 나온다

언젠가
해고될 운명

임시직인줄
모르고

어둠을 헤치며 세상 밖으로 하나둘 살며시 얼굴 내미는 젖니들을 보며 새싹을 떠올린다. 생명의 경이로움을 본다. 하지만 이 세상에는 한 번도 빛을 보지 못한 채 유성遊星처럼 사라지는 생명들이 얼마나 많이 있을까. 세상에서 최고의 일은 씨앗이 움트는 일이라는데.

　'젖니'를 새싹과 보석으로 보면서 아픈 사회현실인 임시직처럼 곧 뽑힐 운명으로 바라보는 시각이 신선하다.

(2011년 3월호 『샘터』에 게재).

새봄 소묘素描

봄바람 추위에 떨며
아지랑이로 피어나고

햇살은 아기 잎에 초록감동 수혈하고

꽃나무
기지개켜며

울긋불긋
일어
서고

흙덩이들이 기나긴 겨울잠에서 깨어나고 줄기에 물이 오르더니, 어느덧 파릇파릇 새잎이 돋고 꽃피는 소리 천지에 가득하다. 이를 두고 만화방창萬化方暢이라 했던가. 머지않아 찾아올 무성한 녹음과 만개滿開할 기쁨에 들떠 봄이 술렁이고 있다. 들판 저 멀리서 현란한 색깔들이 소리치며 달려오는 것 같다.

춘투 春鬪

봄 마중 나왔는지
끼리끼리 모여앉아

꽃망울 터뜨리며 무언가 수군댄다

휴전한
색깔 논쟁을

또,
지피려나
보다

봄 꽃망울의 개화開花하는 아름다운 모습에서 갑자기 색깔 논쟁을 끌어와서 긴장감을 고조시킨다(시집 『홍시 하나』에서).

　하지만 꽃은 꽃의 시간을 살면서 자신의 특성을 내보일 뿐 남과 비교하지 않는다. 이런 것이 바로 인욕忍辱이 아닐는지.

목련 수상隨想

아직 오지 않은 봄, 서둘러 불러내더니

화무십일홍花無十日紅
꽃 진다 뚝뚝 향기도 진다

오늘도
잠 못 이루는

봄의
윤회를
본다

어느 날, 집 앞에서 피고 지는 계절의 아름다운 섭리를 바라보며 문득 윤회輪廻를 떠올린다. 생과 사의 끝없는 순환을 본다. 봄은 너무나 황홀하지만 머무는 시간이 짧아 우리들을 슬프게 한다. 별이 하나둘 스러지는 새벽, 어디선가 바람 불어와 꽃잎 하나 또 홀로 지고 있다.

비누

둥근달이 야위 듯, 속살 감출 때 까지

닳아지는 아픔 안고
일생을 마친다

아, 정녕
보시布施로구나

제 몸
나누어
주는

흔히 인간을 일컬어 현실적 욕망과 탈속脫俗의 욕구를 한 몸에 지닌 이중적 존재라고 한다. 이제부터라도 욕망을 내려놓고 이 세상 낮은 곳에서 침묵의 사랑을 베풀 수는 없을까. 평생 누추한 옷을 걸치고 빈민의 어머니로 살다 간 데레사 수녀님을 생각한다. '잘 사는 것과 아름답게 사는 것, 의롭게 사는 것은 모두 매한가지'라고 하는데.

그리움 1

— 풋 토마토의 후숙後熟을 보며

이제 와 알게 된 바알간 속마음을
그때 알았더라면,

야윈 기억을 뒤적인다

기다려
닿을 수 없는
너,

그리움의
허기여

창가에 놓인 풋 토마토가 하루하루 발갛게 익어가는 소리가 오늘따라 왜 이리 뜨겁게 들려오는지. 부부의 정情도 이처럼 기다림의 시간을 살면서 깊어지는 게 아닐까. '누군가를 사랑한다는 것은 그 사람을 살게끔 하는 것'이라는 논어의 말씀처럼, 한 편의 시가 누군가에게 사랑을 불어넣을 수 있다면 더 이상 무엇을 바라겠는가.

그리움 2

― 국화 옆에서

널 보면 님 생각에
마음 일렁였는데

어느덧 가을은 낙엽에 누워
그리움 뒤척인다

나,
그대 뿌리치기에

이른 생도
아닌데

누구나 한두 개 쯤 가슴속 깊이 그리움을 묻어둔 채, 말 못할 그리움의 문턱에서 서성이는 것은 아닐까. 이 별은 언제나 아쉬움과 허전함을 남기지만, 가야할 때를 알고 떠나는 수행자修行者의 뒷모습처럼 아름다울 수는 없을까.

꿈

밤새도록
잠 설치다가 깨어난 자리

마음 한구석이 몹시도 허전하다

간밤에

나 몰래
님이

다녀가셨나 보다

서로가 멀리 헤어져 있어도 영혼으로 떠돌며 연인의
곁을 지키는 영화 〈사랑과 영혼〉을 떠올린다. 그리웠던
순간들이 가슴에 희미한 의식으로 남아 있다가 꿈으로
살아난 것이 아닐까. 어쩌면 꿈은 내 안 어딘가에 깊숙
이 숨어사는 말 못할 그리움의 전령傳令일지도 모를 일
이다.

무제無題
— 광릉 숲에서

세상이 잠든 소리
고요가 모여서

새들과 노숙하며
수심修心하고 있었구나

길가에
버려진 무심無心

돌멩이
부처들도

침묵을 거느리며 살아가는 수목樹木들의 고고한 모습을 보며 형이상학적 깊이를 느낀다. 위대하기조차 하다. 하지만 저들에게도 짐작되는 삶의 아픔과 갈등, 그리고 뼈저린 고독의 시간이 있으리라. 얼마나 더 오래 닦아야 저들의 희로애락을 헤아릴 수 있을는지.

흔들바위

밀면 흔들흔들, 흔들리는 큰 바위

설악에 걸터앉아
신기神技인 양 으스대지만

세상에
흔들리면서 사는 이

어찌
너
혼자
뿐이랴

설악의 팔기八奇가운데 하나로 유명하지만, 그는 무슨 말을 후손들에게 전하고 싶어 수 천 년을 깊고 어두운 계곡에서 묵상默想하며 살아온 것일까. 설악을 찾는 많은 사람들에게 세상 살아가는 지혜를 깨우쳐주려고 몸소 흔들리면서 살아온 게 아닐까.

아기 홀로서기

허공을 움켜쥔 채
믿음 딛고 우뚝 선다

균형 잃어 기우뚱, 오뚝이 도전처럼

쉬운 일
세상 어디 있을까

아기 생각도
그럴까

우리는 모두 서로가 다른 시간과 공간에서 연극을 하고 있다는 말이 문득 뇌리를 스친다. 예술인, 성직자, 교수, 의사, 간호사, 소방관, 경찰관 등이 모두 그러하듯이. 별은 어둠 없이는 바라볼 수 없으며 캄캄한 밤을 통과하지 않고는 새벽별을 맞이할 수 없다는 말도 있지 않은가.

입양아

한 나무에
또 하나의 가지를 접붙였다

접붙인 실가지에 새싹 눈뜨리니

이제는
한 핏줄이 되었네

더 이상
외롭지
않을

    .

   시인의 사랑을 잘 읽을 수 있는 작품이다. 입양入養을 가지 접붙이기로 보고 있다. 그래서 새로 한 나무가 되는 과정을 묘사하고 있다. 이러한 소박한 비유가 의사로서 병원에서 보아온 많은 비극 속에서 만나는 기쁨이 아니었을까 하는 생각을 하게 되고, 그 생각이 잔잔한 감동으로 다가온다(시집 『홍시 하나』에서).

우화 寓話

휴일도 가슴 설레는 동물원 봄나들이

초롱 눈빛 발 돋음하며
호기심 출렁인다

울안에
갇혀 있는 게

자신인지도
모르고

어쩌면 우리들은 지구별에 갇혀 사는 여행자가 아닐는지. 야단법석인 이 세상을 살아가야 할 미래의 주인공들아. 세상을 다 본다한들 사랑하는 사람과 신神을 볼 수 없다면 아무 소용이 없다고 하는구나.

소아경련

희망은 아직도 지치지 않았는데

신들린 막춤처럼
병실病室이 와자하다

얼마나
더 흔들어야

이 혼미한 세상
깨어날지

아침 회진回診을 마친 후, 역사적 인물인 소크라데스, 피타고라스, 토스토 에프스키, 쥬리어스 시저, 나폴레옹, 알렉산더대왕 등도 간질이라는 병을 극복하고 위업을 남겼다는 사실을 상기시키면서, 이 아이도 장차 어른이 되면 분명 '세상을 흔드는 큰 인물이 될 것' 이라고 위로하였던 기억이 마치 눈앞의 일처럼 생생하다. 그날 보았던 부모의 환한 미소를 지금도 잊을 수 없다.

엄마의 기도

더 바라거나
비울 것 하나도 없는 지금처럼

솜보다 더 포근한
천사의 미소처럼

언제나
티 없는 사랑

행복이게
하소서

이른 새벽, 정화수井華水 한 사발을 장독 위에 떠놓고
일구월심日久月深 자식의 성공을 위해 천지신명天地神明
께 두 손 모아 기도하던 어머니의 심정도 이런 게 아니
었을까.

장애아

누가 바라지 않으리

잎보다 꽃의 삶을
한겨울에도 향그런 '꽃동네'의 봄을,

더러는
지울 수 있는

흉터이기를
장애가

인간사人間事를 흔히 장애물경기에 비유하곤 하지만, 장애아에게 하루하루의 삶은 여전히 두려움의 대상이리라. 하지만 오늘은 고달파도 내일은 좀 더 나아지리라는 저들의 믿음은 작은 희망을 끄덕이게 한다. 신은 나보다 남을 위해 기도하는 이들을 더욱 축복한다던데.

　'꽃동네'는 충북 음성에 있으며, 의지할 곳 없는 분들을 보호해주고 치료해주는 구원의 집이다.

코스모스

무슨 생각하기에
그토록 맑고 영롱할까

앙증맞은 얼굴에 발 돋음 모습하며

하지만
미풍에 흔들리는

너,

그만
가슴 저민다

가녀린 마음들이 가을바람에 한들거리며 길가에서
반기는 모습이 안쓰러워 자꾸만 눈에 밟힌다. 아이의
천진스러움이 겹쳐 보이기 때문일까. 하지만 웃는 표정
이 너무나 해맑아 세상의 두려움이나 근심 따위는 조금
도 없어 보인다. 저들의 순수한 마음이 하늘을 날고 싶
은 만큼 좋은가보다.

김수환 추기경 선종을 보며

시들지 않는 향기
한 삶의 수채화처럼

꽃은 떨어져도 그토록 아름다울 줄,

보시니
참 좋았다며

이승
보고
웃으신다

차가운 날씨에도 불구하고 전사회적, 초종교적으로 그의 선종善終(2009년 2월 16일)을 애도하는 수십만 조문인파의 행렬이 아름답기만 하다. 그에 대한 사랑이 뜨겁게 되살아온다. '너희와 모든 이를 위하여' 살아오신 헌신적인 삶 때문이리라. 하느님이 손수 만드신 하늘과 땅 그리고 그 안에 있는 모든 것이 당신이 '보시니 참 좋았다' 는 창세기 설화說話를 떠올린다.

돌부처

얼마나 속마음을 단단히 다졌기에
싫어도 내색 않고 모든 이 반겨줄까

밤 되어
외로워져도
눈물 아니 흘릴까

슬픔도 괴로움도 안으로 접어두고
언제나 미소 지으며 손 모아 기도하네

못 갚을
중생의 업고
안쓰러워 그럴까

오랜 세월, 모진 풍파에 씻겨서 온유하고 자비로워 진 게 아닐까. 사찰의 깊은 고요 속에서 영원의 세계를 향해 두 손 모아 기도하는 돌부처의 표정 속에는 오늘도 무념무상無念無想의 온화한 미소가 흐르고 있다. 생불生佛의 미소가 우주의 삼라만상을 살포시 감싸주는 것 같다.

(2004년 겨울호《불교문예》에 게재)

새해아침

또 한 해를 지우며 굳게 다짐해 본다

한 살 더 먹은 만큼

욕심 한 줌 버리리라

한 살 또, 잃은 그 자리

덕으로

채우리라

떡국 한 그릇의 따뜻한 마음으로 아름다운 세상을 꿈꿔보는 새해아침이다. 욕심을 덜어낸 빈자리에 덕德을 채우기로 굳게 뜻을 세운다. 영성을 키우는데 거름이 되었으면 좋겠다. 각오를 매만지며 올 한해도 가내家內 대소사大小事 두루 평안하기를 기원한다.

명동을 걸으며

앞만 보고 살아온 나날
다 이룬 줄 알았는데

고층의 욕망처럼 끝이 없는 걸까

성당의
저 종소리는, 비우니

울림도
큰데

오랜만에 심드렁한 일상에서 벗어나, 젊은 날의 지문指紋
이 새겨져 있는 명동거리를 걷는다. 무언가 알 수 없는
유혹이 나도 모르게 성당 쪽으로 발길을 자꾸 끌어당긴
다. 거기에는 좀 힘들기는 했지만 아름다웠던 학창시절
의 아련한 추억들이 서려있기 때문이리라. 때마침 저
멀리서 들려오는 성당의 종소리는 내게 무슨 할 말이
아직도 더 남아있는지 골목을 기웃거린다.

소나기

먹구름 웅성이다
농성 풀고 몰려나와

하늘의 전령傳令인 양
허세를 퍼붓더니

끝내는
대지에 누워

바스러지는
그 권세

천둥 번개소리에 놀라 깨어난 먹구름들이 한꺼번에 몰려나와 미친 듯이 퍼붓는 모습이 더없이 장엄하다. 쌓였던 울화가 한꺼번에 뻥 뚫리기라도 하듯 가슴이 후련해진다. 하지만 저들은 무슨 사연이 있기에 그토록 큰 소리로 울부짖으며 괴로워하는 걸까. 소나기야 이왕 내친김에 이 세상 욕망과 이기의 갈증도 말끔히 씻어주려무나.

기도

가난한 영혼들이 삶의 소요 벗어놓고

깊고 낮은 목소리로
주 은총 간구懇求하는

이승과
천국을 잇는

장거리
직통
전화

우리 몸에 음식이 꼭 필요하듯이, 기도는 지친 영혼에 활력을 불어넣는 신비의 에너지가 아닐까. 일상의 겉치레를 벗고 침묵과 마주하는 모습이 아름답기 그지없다. 거기에는 애절한 소망과 사랑이 담겨 있기 때문이리라. 신과의 만남이 침묵 속에서 이루어지는 이유는 인간의 언어가 불완전하기 때문이라는데.

세상인심

봄 백양 가을 내장
철따라 붐비더니

꽃 지고 단풍 지니
인적人跡은 간데없고

길 잃은
산새 한 마리

어미 찾아
우짖네

시정의 모습을 그려놓았다. 더 구체적으로 한국정치의 풍경을 옮겨 놓았다. 보스 따라 혹은 이해득실 따라 소신도 철학도 없이 몰려다니다가 어느 날 권세 지면 적막한 겨울 풍경이 되는 시정인심의 야속함을 노래하고 있기 때문이다(시집 『홍시 하나』에서).

낙화 落花

그리움
비에 젖어 덧나던 그 봄날에

무심코 밟은 향기의 신음
애절도 하다

누군가
부르는 소리

님이신 줄
알았다

그리움의 깊은 상처가 채 아물기도 전에 또 도졌으니, 얼마나 마음이 아플까. 신음하는 꽃잎의 향기조차 감미롭게 들려오는 낙화유수落花流水 봄이다. 삶이 더 뉘엿뉘엿해지기 전에 가슴속에 남아있는 희미한 그리움을 찾아서 어디론가 훌쩍 떠나고 싶다.

수석

― 파도 문양紋樣을 보며

해변에 누워 잠자던 고독의 화려한 외출
정지된 시간들이 부스스 깨어난다

천 년 전
침묵의 신비
소리되어 일어선다

어둠이 남기고 간 전생前生의 이야기들
파도의 넋이 되어 바람에 일렁이지만

내 어이
헤일 수 있나
속 깊은 그 언어를

그 어느 날 우연히 만난, 발견되지 않았더라면 이름
모를 하나의 돌에 불과하였을 '수석'의 물결무늬를 보
면서 유추해내는 이미지들이 아름답다. 그리고 더 이상
열 수 없는 비밀에 대한 토로는 허사처럼 상투적이지
않다(시집 『홍시 하나』에서).

　침묵하던 천년의 세월이 시공時空을 뛰어넘어 무언가
말하고 있다.

늦가을 서정抒情

네 생각 짙어만 가는
상심의 늦가을에

채워도 허전한 가슴, 그리움 밀려올 제

가을이 놓고 간 아픔

단풍보다

더
붉다

시간은 잃고 그리움은 가슴속에 차곡차곡 쌓여만 가는 걸까. 마음을 일렁이게 하는 깊은 가을, 상심傷心의 예리한 칼에 그리움이 또 베었나 보다. 오늘은 그리운 이에게 말없이 다가갈 수 있는 한 줌 바람이고 싶다. 따스한 햇살이고 싶다.

늦가을 소품小品

석양夕陽 품에 안기어
소곤대는 오색 언어

텅 비운 가을의 마음
소멸의 아름다움

그 은총
노을 물드니

천지가
한 몸이다

소풍 온 것처럼 살다가 노을의 손을 잡고 홀가분히 떠나는 가을의 뒷모습을 보며 어찌 아름답다 아니할 수 있을까. 오색五色 언어로 전하는 늦가을의 고별사에는 무슨 사연이 쓰여 있는 걸까. 언젠가 우리 곁을 떠나갈 소중한 만남들을 위하여 황혼의 옷자락을 아름답게 물들일 수는 없을까.

고목古木 1

고목에 새싹 돋고
꽃망울 부풀어 오르니

노모의 얼굴에도 생기가 돈는다

돌아온
초록 향기에

소녀처럼
볼이
붉다

노모老母의 주름살에 고여 있는 평화가 더없이 아름답다. 지혜와 헌신의 훈장이기 때문이리라. 하지만 아무리 팔순 노인이라 할지라도 여전히 거울을 보며 머리를 매만지고 화장을 하고 싶어 하는 한 여인임을 아는 사람은 그리 많지 않아 보인다.

고목古木 2
― 독거노인을 생각한다

뜰에 홀로 선 고목
온종일 수심 가득하다

나이테 헤아리니 아직은 정정한데,

벌 나비
발길 뜸해져

마음 더
추운가
보다

주위의 가난한 마음을 촉촉이 적셔주는 꽃향기이고
싶다. 소박하게 일생을 꽃피우며 살아가는 이름 모를
들꽃이고 싶다. 모든 걸 다 놓아버리고 싶은 허허로운
삶의 미련이여.

얼굴성형

거울에 비친 모습
낯설어 닦고 또 닦는다

서로가 고와서 웃음 짓는 마음아

빈 폐허
지워진 개성

그 마음도
벙글까

성형은 나다운 개성을 잃게 할 뿐, 제아무리 명의名醫
라 할지라도 내면의 빛인 얼은 수술로 바꿀 수도 만들
어 낼 수도 없다. 이렇게 볼 때 모름지기 미인의 조건은
조상이 물려준 그대로의 모습을 고이 간직한 채, 그 속
의 얼을 맑고 아름답게 가꾸는 일이 아닐까. 모든 것에
는 신神의 지문이 묻어있다지요.

누에번데기의 우화羽化

비상飛翔하고 싶어
캄캄한 장벽 헤집는 아픔 건너냈다

이윽고 날아오른다

이 또한
해탈이구나

나를
깨우는
그런

누에가 고치의 어둠속에서 오랜 시간을 번데기로 살
다가, 나비가 되어 하늘 높이 날아오르기 위해서는 어
둠에 구멍을 뚫는 혹독한 통과의례通過儀禮를 거쳐야만
한다. 해탈解脫도 이와 같은 고치의 과정을 거친 사람만
이 이룰 수 있는 경지가 아닐는지.

무상無常 1

인술의 등 밝히며
마음 김매어 온 어제

나그네 살아온 길
영욕榮辱도 없었건만,

거울에
비추인 은발

서로가
아쉬워하네

시간 없음, 혹은 시간의 빠른 속도를 아쉬워하고 있
다. 그러나 그러한 자탄은 이루지 못한 꿈에 대한 뜨거
운 실현의지를 노래하고 있는 것이다. 흔히 우리가 얘
기하는 명예, 권력, 물질과 같은 세속적 욕망의 성취에
대한 의지가 아니다(시집『홍시 하나』에서).
  한 생 마음의 밭을 경작하고 김매며 살아가려는 다짐
으로 아호를 심운心耘이라 하였다.

무상無常 2

두 나그네
눈길을 말없이 걷고 있는데

한사람 발자국만 점 점 남아있다

아마도
앞서간 자국

되밟으며
갔는가
보다

군더더기 없는 한 폭의 추상화처럼 가슴으로 읽는 아름다운 작품이다. 이 경우 성공한 사의 예처럼 독자에게 상상의 공간을 비교적 넓게 열어 놓은 경우가 된다. 그리고 바른길로 어느 누구에게도 피해주지 않으려는 정결한 삶의 한 모습을 그려 놓았다고 했을 때 그 무욕의 이미지를 이 작품 이상으로 그리기도 어렵다는 해석 또한 가능하다(시집 『홍시 하나』에서).

무상無常 3
— 마음 다공증

수없이 다녀간 세월의 발자국이라
어찌할 수 없다지만,

텅 빈 내 마음이여

그리움
조차 시리운, 이름 모를

바람
구멍이여

때로 공허하고 스산한 느낌이 가슴속 깊이 파고드는 걸 보면, 마음속에도 골다공증骨多孔症 환자처럼 세월의 구멍이 숭숭 뚫려있는가 보다. 시간의 끈질긴 공격에 굴복할 수밖에 없을 터. 감성마저 녹슬기에는 아직 이른 생의 날인데.

파도

가슴에 맺힌 설움 단숨에 털지 못해
긴 세월 몸부림에 제 몸만 적시우네

언제쯤 바람 잠들어
이 거품 잦아들까

잊으며 가려해도 용서하며 살자 해도
무슨 한恨 그리 많아 줄지어 밀려오나

파도야
퍼어런 한아
고삐 없는 시름아

가슴에 얼마나 많은 한恨과 슬픔이 쌓여있기에, 말 못할 무슨 사연이 뭉쳐있기에 파도는 그토록 온몸으로 절규하는 것일까. 운명을 저주하는 한풀이 춤이 어찌 이보다 더할 수 있을까. 세월에 부딪치고 바위에 부딪치면서 밤낮없이 뒤척이는 모습을 한참 바라보노라면 어느덧 내 마음은 파도가 된다.

바퀴

어둠 한 칸에 지붕 얹고
큰 짐 머리에 이고

한 생 동그라미 그리며
묵묵히 삶 나르는

그대는
빈손 나그네

우리네
인생이어라

긴긴 세월 어둠 컴컴한 반 지하 단칸방에서 하루의 노동에 감사하면서 살아가는 무소유의 소박한 삶이다. 바퀴에 투영投影된 맨발의 인생을 본다. 거리의 희로애락喜怒哀樂을 주우며 오늘은 또 어디로 향하는 걸까.

창덕궁 후원에서

한오백년 넋 달래어
용마루에 잠재우고

가을은 또,
무심의 심연深淵으로 스러지는데

난, 그저
허울에 들떠

발걸음
재촉할 뿐

오랜만에 아내와 함께 고색창연古色蒼然한 창덕궁의 하루를 걷는다. 텅 빈 궁궐은 마치 새들의 여인숙인 양 을씨년스럽기만 하다. 후원後園에 있는 부용정芙蓉亭에 발길 머물러 연못을 물끄러미 바라보고 있노라니 내 마음 나도 모르게 연못 깊숙이 빨려들어 간다. 근심 걱정의 찌꺼기도 허울에 둘둘 말아 몽땅 던져버리고 싶다.

홍시 하나

허울 다 떨궈내고
홍시 하나 덩그러니

바알간 늦가을이 허공에 걸려있다

인욕人慾이
채 닿지 못한
하늘가지 꼬옥 잡고

풋감에 햇살 담아 구어 낸 등불인 양
저녁노을 펼쳐놓고 무위無爲의 춤을 춘다

채워도
허기진 마음
허울 쫓는 나를 본다

무잡하고 번다한 세상일수록 한 편의 시가 절실해진다. 그 한 편의 시가 상처받은 영혼을 위무할 수 있다면 이야말로 시가 지닌 정서의 힘이 아니겠는가. 이 작품은 늦가을 적요의 공간에 등불처럼 매달린 홍시 하나에서 무위의 상념을 풀어낸다. 읽기에 무리가 없고 편안하게 닥아 오는 것은 허심으로 대상에 다가가 절제된 감정을 옮겨놓기 때문이다. '허울 다/ 떨궈 내고' 익어 가는 감은 이미 인간의 욕망이 닿지 못할 거리에 있다. 그렇게 다　떨궈 낸 줄 알았던 허울을 '채워도/허기진 마음'이 또 쫓고 있으니 아무래도 홍시는 인간이 사는 세상 쪽으로 떨어지기 마련인가 보다.

심사평(이우걸, 박기섭)
중앙시조백일장 장원 수상작품
2004년 10월 28일자 中央日報에 전문 게재.

■ 추천사

철학이 만물을 읽어내기 위한 설명의 학문이라면, 문학은 그 만물에서 읽어낸 '사람'을 형상으로 창조해 내는 예술이다. 황경태의 시조는 우리사회의 모두가 공유할 표상을 제시함으로써 공감과 격조를 지니고 있다. 그의 발상은 인식의 방법이자 사고의 통로이며 다의성을 기반으로 하는데, 무엇에 비기는 것이 아니라 어떤 생각을 얻어내는 것이며, 그 구체적 형상은 한갓 개인의 정감이기를 넘어서서 모두가 공유할 수 있는 표상으로서의 의의를 가진다.

새봄, 햇살이 무한량의 초록감동을 아기 잎에 수혈해주면 꽃들이 남과 비교하지 않고 제 향기와 빛깔로 꽃의 시간을 살다가는 것처럼 황시인 역시 시조의 길을 묵묵히 가고 있는 사람이다. 수없는 세월의 발자국이 마음에 바람구멍을 뚫어 놓았을 지라도 꽃 지는 모습에서 '님이 부르는' 소리를 듣는 시인. 의롭고 아름답게 사는 것이 잘 사는 것임을 그는 시편마다 조용히 녹여낸다.

공자孔子께서는 논어「양화편陽貨篇」에 사람답게 살도록 스스로를 이끌기 위해서 시를 공부하라 말씀하셨는데, 이 시집 『삶 가득 그리움 가득』의 시들은 가히 심미적 주체로서의 황경태 시인(시가이인생詩可以人生)을 드러내 보여준다.

— 이승은(시인)

황경태 시인은 긴 울림을 주는 시구詩句 하나를 건지기 위해 엄격한 절제와 함축의 과정을 견고하게 치러낸다. 그만큼 그는 간결하고 균형 잡힌 서정의 원리들을 확인시켜주는 실례들을 우리에게 흔연히 보여준다.

이러한 절제와 함축의 미학을 통해 그의 시편들은 "세상에/흔들리면서"(「흔들바위」) "그리움의/허기"(「그리움 1」)를 쌓아온 스스로의 삶을 보여주기도 하지만, "제 몸/나누어/주"(「비누」)며 살아온 "화음 같은/삶"(「까치」)을 새삼 증언해주기도 한다. 그렇게 섬세한 감각 속에 담긴 "속 깊은 그 언어"(「수석」)는 우리로 하여금 "울림도/큰"(「명동을 걸으며」) "소멸의 아름다움"(「늦가을 소품小品」)을 만나게 해준다. 이때 우리는 시인의 아호 심운心耘처럼, 마음밭을 정성 들여 경작하며 살아가는 한 시인의 아름다운 황혼을, 선연하게 바라보게 된다.

—— 유성호(문학평론가, 한양대 교수)

이 도서의 국립중앙도서관 출판시도서목록(CIP)은 e-CIP 홈페이지
(http://www.nl.go.kr/ecip)에서 이용하실 수 있습니다.
(CIP 제어번호 : CIP2011003458)

삶 가득 그리움 가득

글쓴이 / 황경태
펴낸이 / 孫貞順
펴낸곳 / 모아드림

1판 1쇄 / 2011년 9월 16일

서울 서대문구 북아현3동 1-1278
전화 / 365-8111~2
팩시밀리 / 365-8110
E-mail / morebook@morebook.co.kr
http://www.morebook.co.kr
등록번호 / 제2-2264호(1996.10.24)

ⓒ황경태
ISBN 978-89-5664-149-2

값 9,000원